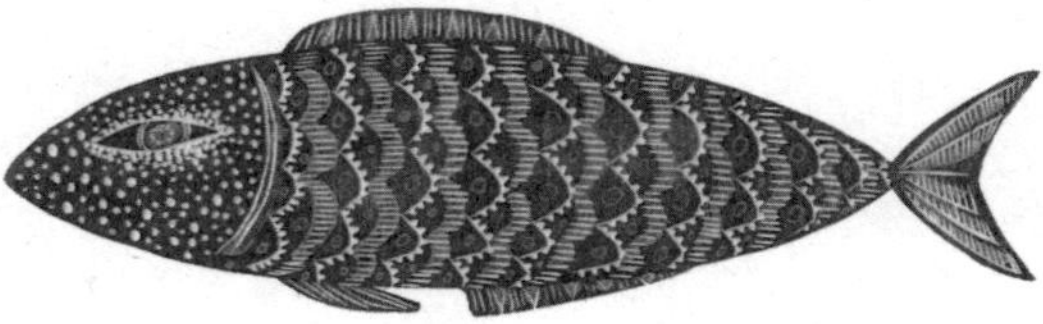

網棚のうえのリヴァイアサン

鎌田伸弘

七月堂

鎌田伸弘　網棚のうえのリヴァイアサン　目次

I

水詩 8
水しらず 14
分水界 22
エヴァーグリーン 26
ドブ板の下の螢 32
ヘルタースケルター 36
うきよばなれ 40
希望の蟹 46
十三階の蟹 50
藻屑の蟹 54

II

ムッシュー 58
川越の鮎 64
川越の亀 70
huit jours 76
雀時計 78
白鴉 84
シロウト 92
塔 98
ハルとヒメ 102
夏子の時間 106

III

網棚のうえのリヴァイアサン 112
八百の夜と風車 120
肉屋 122
魚屋 126
さくらの唄 130
宇都宮のさくら 138
擂鉢の中の螻蛄 142
穴 154
午後の揺曳 170
迷宮の人 178

網棚のうえのリヴァイアサン

挿画——千海博美
組版——樫辺　勒

I

水詩

I

ついに方舟を漕ぎだすときがきた
さあきみ!
準備はいいかい?
機はじゅうぶん熟した
臆する時季はとうにすぎた
もうあともどりはできない
漕ぎだす先は海でもいい

川だっていい
水のあるところならどこでも
水さえあるところならどこへでも
ことばの洪水をくぐり抜け
バベルの横たわる文字の海へと

II

かつてどこかの詩人は水の面（おもて）に書くといった
きみは水の底に書いてみるかい？
ぼくは水の中に書いてみようとおもうのだ
実感もなく
手ごたえも得られぬまま
もがき苦しみ

息もできぬほどに
書いても書いても描けない
掻いても掻いても書けない
書けば書くほど攪き
書くほどに欠く
書いたそばから擱く
だけどこの身をゆだねてみたいのだ
天地神明にちかって
水のなかに
ただ水のなかに
もうそうするよりほかにない
みずのなかにただどっぷりと
もうあともどりはできない
問答無用

ぼくらは文学の土左衛門

Ⅲ

二〇世紀フランスの長大な小説を roman-fleuve という
訳せば大河小説
はじめはなぜ河に譬えるのかとおもったが
いまはよくわかる
川の流れのように
といってしまえば陳腐になり
ゆく川の流れは絶えずして
などといおうものなら
ぼくらの人生はたちまち軽がるしくなってしまう
ただきみとぼくとが願うのは

河の水を一生かけて
すべてブルーブラックのインクで染め抜いてしまうこと
海よりも塩からく
涙よりもしょっぱい
そして葡萄酒よりも酩酊せよ

Ⅳ

やがて波は凪ぎ
いつしか水はきみの肌にあたたかくかんじられるだろう
そうに決まっているさ
方舟は揺りかごだから
ゆらりゆらり
それは柩でさえもおなじこと

オフィーリヤに添い寝するその日まで
ゆらり　ゆらり

水しらず

少年はむこうみずだった
青年は世間知らずだった
年寄りは冷やみずだった
三人はみずしらずだった

三人が出会った
きょう
渋谷スクランブル交差点で
午前0時39分

少年は渋谷駅から109へ
青年はTSUTAYAからハチ公へ
年寄りはハチ公からセンター街へ向かって

――アーアー、コチラ109、109、せんたー街トTSUTAY
　Aヲ経由シテ8公へドウゾ
――コチラ8公、ドウゾ
――人ガ多イナ、はろうぃーんハモウ終ワッタノカ?
――はろうぃーんハモウ終ワッタ
――ソレデモ渋谷ニハコンナニ人ガイルノカ
――はろうぃーんハモウトウニ終ワッタ
――はろうぃーんハモウ……
――はろうぃーん、はろうぃーん……
――はろー、はろー

午前0時39分0・3秒、0・4秒……

三人が出会った
渋谷スクランブル交差点ど真ん中の青信号
三人は三者三様だった
きのうまではかすりもしなかったのに
きょうなぜかかすった
人がみな四方八方よりいっせいにやってきてはすり抜けてゆくこの
　交差点で
そうでなくても
なべてこの世はすれ違い
なのに三人はぶつかった
なぜか三人はふれあった
三人はひとりに

ひとりは三人に

青年はむこうみずな少年にいった
きみはぼくかも知れないんだぜ
だからこんな世間知らずになっちまった
あなたはわたしかも知れないんです
そう青年にいったのは年寄りだ
だからいつも冷やみずといわれるんです
少年は二人の顔に自分の未来と過去をみた

少年はきょうビル清掃の日雇いアルバイトの面接に落ちたばかり
　だった
青年はおとといからクレジットカードが限度額オーバーで食料品す
　ら買えなかった

年寄りは一週間前に永らく押し入れにしまい込んでいた大切なもの
を手放してしまった
三人はみずしらずだった　きのうまでは
三人はみずいらずになった　きょうからは
渋谷スクランブル交差点の
歩道のうえ
三人はともに旅に出ることに決めた
夜の果ての旅
揃ってハチ公口へと向かいはじめた
午前0時39分52・7秒
午前0時39分52・8秒……

しかし青信号はいつまでもつづかなかった
すでにさっきから点滅しはじめていた

歩行者に黄信号はない
あるとすれば人のこころの中だけだ
出会いはそもそも黄信号だといっていい
三人ともうすうすわかっていたのか
渡りきるまえに信号は赤に変わり
一台の暴走するスポーツ・カーが
猛スピードでやってきて
三人を次つぎとはね飛ばしていった
午前0時42分0・0秒……

――コチラ109、109、ドウゾ
――コチラ8公
――死ンダカ、三人ハ？
――アア、死ンダ

——アーアー、コチラせんたー街、せんたー街
——ドウシタ？
——三人ノ身元ガワカッタ
少年ハ柳川ノ実家カラ飛ビダシ
青年ハ小樽カラ漂ウヨウニ
年寄リハ大阪カラ無一物デ流レツイタ
——ミズ、ノ都カ
——ナンダッテ？
——イヤ、ナンデモナイ
ドウダロウ、三人ヲワレワレノ星ニ連レテ行キ、ソコデモウイチド会ワセテヤルノハ
——アア、ソウシヨウ
——渡レナカッタ三人ヲ
——スリ抜ケラレナカッタ三人ヲ

——タタエヨ
——エッ?
——タタエヨ、三人ヲ
ソシテ
湛エヨ
水ヲ

分水界

その公園の　ほぼ真ん中に
水が出なくなって久しい　噴水があった
水は　当然涸れ　乾あがっていて
一滴も　残っていなかった
まわりには　ぐるりと
大理石が　段々に　めぐらせてあり
おおくの　老人が
まいにち　やってきては
坐って　休んでいた

噴水と　老人たちの　あいだには
境目は　ない　といってよかった　なぜなら
老人たちの　からだのなかの水分は
一秒ごとに　急速ないきおいで　うしなわれていったから
限りなく　0、00000……%に

　こわれた噴水　老木　蟬のあえぎ声
　若者の姿はみえない——

ひと組の　老夫婦が　その公園に　やってきた
かれらもまい朝　散歩のとちゅうで　立ち寄るのだった
妻のほうが　いくらか若くみえる
彼女は　惜しまれつつ引退した　往年の名女優
なぜ　引退したのかは　誰にもわからなかった

いまは　映画監督の夫と　散歩をして
公園に寄り　まいにちを　過ごしている
夫ももう　映画は　撮らない
妻が　銀幕に　戻らぬかぎり　ただ
キャメラのかわりか　胸ポケットに
モンブランが一本　ささっている　のみだ

　　毀れた噴水　切り株　渦巻く年輪　空蝉
　　妻がそっと手をのばす――

その瞬間
夫の胸ポケットの万年筆がひとりでに
インキを噴射して
シャツを真っ蒼に染めた

よーい、スタート！
弾かれたように映画監督が叫ぶと
にわかに女優の背後で噴水が
水を噴出しはじめた
いきおいよく
とめどもなく

エヴァーグリーン

劇場は
衰えをしらない不朽の名作
だけを上演していた
その名は
エヴァーグリーン

エヴァーグリーン
とはいっても
舞台は苔むし　客席は黴だらけ

されど　みどりは緑　そう
エヴァーグリーン
衰えることをしらない

イプセン　ストリンドベリ　チェーホフ
ときてお次はいよいよ
シェークスピア戯曲の　連続上演のはじまり
主演女優は
ドーランのうえにまたドーラン
仮面の下にまた仮面
と名高い　劇場専属の大女優　その名も
葵ミドリ
ゆうに百歳を超えてるって　もっぱらの噂
しかしそこは　なかなかどうして

ひとたび舞台にあがれば
白粉のうえにまた白粉
恥の上塗りへっちゃらで
嘘の上塗りなんのその
みごと美少女　大変身
小野小町も　卒塔婆小町も　真っ青
おみごとミドリ　おおミドリ
葵ミドリ
みどりは緑　緑はミドリ
エヴァーグリーン
衰えることをしらない

幕があがる
ジュリエットに扮したミドリを一目みようと

観客が押し寄せる　押すな押すなの大盛況
ひとたび彼女が板にあがると
いきなりのスタンディングオベーション
立った立った　蛇が立った
掛かった掛かった　魔法が掛かった
林檎は板からころげ落ち
人みなすべて　恋に落ちた
アダム仰け反り　エヴァ不老
スワンソングは　ついぞ無縁

そう　無煙
のはずだったが
どこからか火の手があがった
ミドリにたいする　妬みか嫉みか

たんなる煙草の不始末か
炎上する劇場　逃げまどう人々
ただひとり舞台にのこるミドリ
火にのまれるミドリ

しかし
そのとき
あろうことか
苔と黴が　ミドリをつつんだ
緑が　炎とたたかって
彼女をまもった——

エヴァーグリーン
衰えることをしらない

ドブ板の下の螢

きょう芝居小屋がハネた。
ひとりの老優が引退した。
ひっそりと、誰からも声をかけられることなく。
老優はキャリアこそ永かったが、生涯役につくことはほとんどなかった。
ましてスポットライトを浴びることも。
かれの役者生活の大半はプロンプターだった。

芝居小屋がハネた。

人気俳優や若手女優が客とともに三々五々おもてから出て、夜の街に繰り出すのを尻目に、かれはみじめに裏口から這うように出る。自棄になり、手にしていたぼろぼろの台本を路地の破れたドブ板に投げ捨てようとした。

最後に演じることを夢見てかなわなかったチェーホフの『白鳥の歌』だった。

その瞬間、ドブ板の下でなにかが光った。

螢だった。

今にも消え入りそうなほどによわい光だったが、それでも確かに、そしてしたたかに光っていた。

こんなところにホタルが。

かれはおもった。

なぜドブ板の下なんかに螢が。

ドブ板と舞台の板と、どれほどの違いがあるというんだろうか。

かれはかんがえた。
おれこそはドブ板の下のプロンプターだ。だけどこの螢……、
いや、そう。なあに、おれだってまだまだ。ひと花咲かせること
だってできるさ。ふん、しょせんは河原乞食じゃないか。なにを気
取ることがあるまい。
老優は振り上げた『白鳥の歌』を静かにおろし、ぱらぱらと頁を
繰った。
そのペイジの一枚いちまいはさっきまでとは違い、白鳥の羽根のよ
うに美しかった。

きょう芝居小屋がハネた。
しかしもう老優は撥ねられなかった。
堂々と、表から小屋にもどって、暗くなった板のうえにあがる。
そこで人しれず、跳ねることをこころみた。

かれの唇から出たせりふは、死に瀕した白鳥の、最期のひと声さながらだった。
だが、それを聞いた者はひとりとしていなかった。

ヘルタースケルター

老いさらばえた　公園の脇に
絶望の二トン・トラックを停め
ちかくの定食屋で　饐えた飯かっ込んで
おまえとふたり　ほうほうのていで
クルマに帰り　ドサマワリに戻ろうとして
それに気付いたんだ

それは
公園の　ほぼ真ん中に　そそり立つ

牡犬の陰部の　重圧感を持った
螺旋型　滑り台
だった　おまえとふたり
ともに四十もなかばを過ぎてるってのに
わけもなく　どうしようもなく
ふさぎ　ひさぎ　よじれ　ねじれ
ひねくれっちまったこころを
せめて晴らそうと
はしゃぐように　およぐように
そいつに乗って
すべってみたくなったのさ
なぜかむしょうに　しょうこりもなく
四十肩ぶん廻して
のぼり　そして　すべり　おりる

おまえとふたり　なんどもなんども
小指くわえた世間を尻目に
下まですべり　それからまたてっぺんへ
のぼり　そして　すべり　おりる
残り　そして　すべり　落ちる

おい、知ってるか？
てっぺんでおまえはいった
こういうの、ヘルタースケルターってんだ
ビートルズか？
おれは下からおまえに訊く
「違う、混乱だ！
しっちゃかめっちゃかだ
オレノシッタコッチャナイ！」

それからおまえはまた下まですべり
おれはまたてっぺんまでのぼるをくり返し
そうやって何度めかのてっぺんで
おまえはとうとうズボンをおろし
パンツもおろしちまって
そして叫んだ
「さらば、公園よ！
なあ、もういちどトーキョーへ行こうぜ
裸一貫からやりなおすんだっ！」

うきよばなれ

暮れなずむ
なじみの貌つきの
その公園で
シーソーにのっている
みなれない
若い男女の影があった
上から下へ
下から上へ
かわりばんこに

ぎったんばっこん
男と女

男は詩人を目指していた
女は女優を夢見ていた
男があがれば女はさがり
女が浮かべば男は沈む
それが男女か
ぎったんばっこん
上から下
下から上
をくりかえす
をとことをんな
うえおしたえの

ぎったんばっこん
陽がしずみ
あたりが昏くなっても
ふたりはつづけた
シーソーを
男と女を

二人を横目にみながら
この街の住人たちが家路を急ぐが
誰ひとりとして
男がビルの窓拭き清掃員で
女がデパートのエレベーターガールだとは
知らなかった

上から下
下から上
ぎったんばっこん
上へマイリマース
下へマイリマース

ふたりはそんな生活に疲れ果てていた
でもシーソーを
降りなかった
男と女も
やめなかった
いつまでも
いつまでも
きっといつか板の真ん中の

「浮き世」という名の支点が弾けて
ふたり揃って浮上することを信じて

希望の蟹

あたしは
エレベーターガール
来る日も来る日も
せまい箱のなかに
閉じ込められて
上から下へ
　　下から上へと
行ったり来たり
　　下から上へ

上から下へと
行きつ戻りつ
上へマイリマース
下へマイリマース

ああもう
参りました

縦社会
パンドラの匣

いっそ
昇れるところまで登りたい

でなければ
降りられるところまで堕ちてみたい

ときには
後ろ髪だって引かれたいし
横紙破りにだってなれるんだから

でもだめ
この函から
抜け出ることなんてできやしない

ああ縦社会
ああパンドラ
いっそ縦横無尽

ん？
　蟹？
　　カニ？
カニカニカニカニカニカニカニカニカニカニ
ん？
　横歩き？
　　ヨコ？
ヨコヨコヨコヨコヨコヨコヨコヨコヨコヨコ
蟹だけが残った
この箱のなかに

十三階の蟹

おれは　まいにち
地下鉄に　もまれゆられ
地下二階にある　駐車場で
管理人として
日がな一日　ひっきりなしに
クルマと格闘し　時間になれば
デパ地下の　イートインで
夕飯をすませ
地下の　隠れ処のバーで

いっぱい飲って
高層マンションの最上階
十三階の　おれの部屋に
エレベーターで帰る

ある日　女を拾った
いつものように　デパ地下で
メシを食ったあとだった
女は　エレベーターガール
上と下を　行ったり来たりするだけの
なんだかちょっと
さびしげな女だった
おれは　自分の部屋に
連れて帰った

エレベーターで
ゴルゴタの丘に登るように
そして　その晩
女を　抱いた
背中が　蟹の
甲羅のように　つめたかった
なんか自分と
似ていると　おれはおもった
女も　そうおもったのか
おれの腕のなかで　涙をながした

翌朝　おれたちは
十三階から　階段で地上に出た
それっきり　おれたちは

仕事には行かなかった
マンションにも戻らなかった

回転木馬から降りるように
今夜地球から　ぼくは降りてみる
それはビルの屋上から飛び降りることと
どれほどの違いがあるというのだろう

それでも　回転木馬はあすも廻るだろう
子どもたちをのせ　夢をのせて
それでも　高層ビルは建ち続けるだろう
日進月歩で　バベルさながらに

ぼくは地球を降りてどこへ行くのか
空の星屑か　海の藻屑か
ん？　カニ――？

藻屑蟹だ　宇宙の果ての
搦めとられ　でもせめて　横に歩こうか
まっすぐに　あるけなかったぼくだから

II

きょうムッシューがたおれた。

病名は肺気腫というのだそうだがわたしにはよくわからない。肺がふくらんで破れそうになったところで意識をうしない救急車で運ばれた。ムッシューの家からもわたしの家からもかなりはなれた川越からさらにバスで四〇分行ったところの病院に入院した。

だいぶよくなったけどまだしばらく退院できそうにないなとムッシューはいった。やっぱり煙草のすいすぎだってさ。そういう電話のむこうのかれのこえはシューシューいっていた。

はじめて川越駅に降り立った。灼熱の太陽がぎらぎらと輝き眼をあけていられないほどだった。駅前のロータリーには人があふれざわついていた。わたしの胸もざわつきけば立ってくる。ギラギラする鰻の弁当をひとつ買って二時のバスに乗り込むと窓から横断幕が眼に飛びこんできた。「八月三日川越花火大会」。きょうは八月三日。病院の昏いベッドに横たわったムッシューの姿があたまに浮かんだ。あたりにはけむりがただよっている。おいおい病室で煙草かよとおもったらムッシューのからだからけむりは出ていた。パジャマのまえをはだけて瘠せた胸にぽっかりと穴があいてそこから出ていた。シュウシュウいってエンコしたくるまみたいだった。花火のようにきれいには打ちあがりそうになかった。

ムッシューはなぜムッシューといわれるのかはわからない。わたしと知りあうまえからそう呼ばれていた。ムッシュなんとかいうミュージシャンに似ているわけでもなかった。ムッシューもなにも語らなかったしわたしもなにも訊かなかった。たしかカミュの『異邦人』のなかで主人公のムルソーがそう呼ぶか呼ばれるかのくだりがあったはずだ。だからわたしのなかでいつのまにかムッシューはムルソーだった。太陽が眩しかったから人を殺したあのムルソー。ムッシューもワルだった。しかしかれがしたのはケチなぬすみや喧嘩ばかりだった。でもいちどだけ留置所で夜を明かしたことがあるらしい。酒をのみながらなんどもそのはなしをきかされた。煙草のすいかたがかっこよかった。ぬすみ見してよくまねした。

バスは城下町を抜けて郊外へそして田園風景が広がる。ジーンズの尻ポケットに文庫の異邦人を突っこんできたがひらかなかった。バスは江戸を抜け南仏そしてアルジェへと。いったいどこへ運ばれるのかという気になる。バスを降りるとくらくらした。太陽のせいにした。

ムッシューは照れくさそうにわらった。食欲だけはあるんだよといいながら鰻は半分も食べられなかった。箸をおいてちきしょうタバコすいてえなといった。タバコは夏がうまいのにな。煙草に季節なんてあるんだろうか。おもったがなにもいわずにわらった。かれもわらった。前歯が欠けていた。みなれているはずなのにかなしくなった。


帰りのバスはまるでフィルムの巻戻しだった。アルジェ南仏そして江戸。太陽がちりちりとフィルムを焦がす。尻ポケットの異邦人はついにひらかなかった。

駅前にはゆかたの男女があふれていた。暮れなずむ太陽のひかりがゆかたの男女を汚らしくみせた。ムッシューのほうがよっぽどきれいだった。花火は見ずに帰った。事態が急変するとはつゆしらずに。

＊　＊　＊

きょうムッシューが死んだ。
もしかするときのうかもしれないがわたしにはわからない。
ムッシューとちいさくつぶやいた。なんだかムルソーときこえた。
ムルソー。川越のムルソー。

川越の鮎

春、ワカサギのてんぷらを食べながら考えた
夏、キビナゴのから揚げを食べながら考えた
川越の川
に棲むという
いっぴきの
伝説のアユ
のことを

鮎はまたの名を

年魚といい
その寿命はふつう
一年といわれているが
伝説のそのアユは
毎年夏になると
きまって川越の
どこかの川にあらわれる
この町に住む
長老のはなしでは
その年数は
四十年とも
五十年とも
いわれている

秋、シシャモのフライを食べながら考えた
冬、メヒカリの塩焼きを食べながら考えた
川越の川
に棲むという
そのアユは本当に
伝説のアユ
なんだろうかと
もしかしたら
毎年違った鮎
なんじゃないだろうか

鮎はまた別の名を
香魚といい
長老のはなしでは

そのアユがあらわれると
青青とした
西瓜にも
胡瓜にも
似ているが
しかし似て非なる
だけど香しい匂いを
躰から発して
川面から
あたり一面に
漂わせるのだそうだ
それは
四十年ぶんとも
五十年ぶんとも

いえる匂いなのだろう

＊　＊　＊

数年まえ
ぼくはここ川越で
友人をひとり亡くした
かれは四十二歳だった
だからという
わけではないが
四十年五十年
と生きつづける
伝説のそのアユは
かれの生まれ変わり

のような気がしてならない

春、ワカサギのてんぷらを食べながら占った
夏、キビナゴのから揚げを食べながら占った
秋、シシャモのフライを食べながら占った
冬、メヒカリの塩焼きを食べながら占った

そしてこの夏、
ぼくは改めていっぴきの、
鮎を食べながら、伝説のアユになった、
かれのことを占ってみようとおもうのだ

川越の亀

春になると
亀の鳴き声
が耳の奥で
鳴り響く
花粉症
のように
しぶとく
しつこく
ぐずぐずと

七百年も昔の
川越の亀は
知るよし
もないが
そして
秋になると
鳴くという
蚯蚓や蓑虫
の声もとんと
聞いたこと
がないが
数年前ぼくは
友人をひとり

ここ川越で
亡くしている
友人というより
分身のような
存在の
きみだった

いらい
ぼくの胸にひとつ
大きな穴が開いて
大量の水が流れ込み
洪水を起こし
海となった
穴は流木として

たよりなく
水面に
揺さぶられ
いつからか
春風吹くころ
その穴めがけて
いっぴきの
盲目の亀が
海の底
の底から
浮かび上がってきて
頸突っ込んで
きぃーきぃー
と鳴くのだ

その声を
耳の奥で
聞きながら
ぼくは
きみの
夢をみる
きみの
叶わなかった
あれやこれや
の夢をみる
スギやヒノキ
の季節の
過ぎ去るまで

君とともに
亀とともに

ここ
川越で
また春に
きみと共同の
夢をみるために
ここ
川越の
亀のこえに
ぼくは耳
傾けるのだ

huit jours

フランスでは一週間のことを
huit jours といい　それは
八日間を意味する　つまりは
その日を含め八日ということ

フランスではなぜその日を含めるのか
エイジュール　エイジュール　一週間
ルイ・ジューヴェ　という名の俳優が
そういえばかつて　フランスにはいた

フランスの名優であったルイ・ジューヴェは
劇団員にギャラを分ける前に自分の分をとり
そこから更に自分の分も入れて分けたという
フランスでは一週間は　ユイジュールという

ユイジュール　ユイジュール　一週間
この詩はぜんぶで十六行になる予定だ
フランス風にいえば二週間ぶんである
セーズュール　セーズュール　二週間

雀時計

朝
いつものあさ
さあ
いつものように　コーヒー片手に
いつものように　部屋の窓を開けると
そこは
いつもの朝ではなかった

頭上には雀の巣

雨戸のシャッターのすぐうえ
ぼくのあたまのすぐうえ
きのうまではなかったのに
いつのまに作ったんだろう
いつのまに巣喰ったんだろう
一羽の親雀が
ぼくの耳のすぐちかくで
ぶるる……と羽ふるわせ
ちちち……と嘴とがらせ
巣から飛び立っていった

それは　鳩時計のよう
であったものの
そのちいさな飛翔は

巣に戻ってくるかわりに
大気をゆさぶり　大地をゆるがした
ぼくはおもわず　ぶるっと身ぶるいすると
手の中のコーヒーは　波立った
一瞬にして　ブラックコーヒーは
ミルクコーヒー　になった
すずめ色したコーヒー
雀カフェ
ガブリと飲む
と

にわかに太陽は　光をうしない
世界は雀色になった
そしてぼくは　ぼくのあたまは
雀に巣喰われてしまった

ちっぽけな雀だけれども
いっぴきの雀だけれども
ぼくを巣喰い
ぼくを救え
すずめよ

いつしか電柱には　あまたの雀
ぼくのあたまには　一羽の雀
百万の雀と
一羽の雀
いくつもの朝と
たったひとつの朝
いつもの朝と
あらたなる朝

朝　さあ！
おはよう　そして
ようこそ　雀の一族
いくつもの夜のあとの
いくつもの朝
九十九の夜のあとの
たったひとつのぼくの朝
いつまでも　いつまでも
進め
すすめ

白鴉

朝まだき
鶏鳴どき
ぼくはみた
鴉が西の空を飛んでゆくのを
そいつのあたまは白かったんだ
あたまが？
しろい？
カラスの？

ありえるはずのないことだったけれども
見たものはみた
のだからしょうがない
起こったものはおこった
のだからどうしようもない

だけど
それからなにかが
すこしずつ変わっていったんだ
ちょっとずつゆがみ
たわみ
ねじくれはじめた
死神の歪み
戯れの撓み

荒くれの捩くれ
ちょっとずつ一寸ずつ
鳥渡ずつ
鶏鳴どき
あたまの白い鴉をみてから
なにかが
一寸づつ
鳥渡づつ
拗くれはじめた
朝まだき
鶏鳴どき
ああ
きょうもまた仕事だ
飯はまだか！

にわとりだって飛べるかもしれない

ぬばたまの
烏闇どき
仕事帰りの電車のなかは
みなぐったりしていた
蛙の目借時
ひん曲がったネクタイ
くたっとした腕時計
吊り革の輪っかごしにみた
窓の外の景色は
まっくらだった
烏羽玉

烏闇
あたまの白い鴉は
もう飛んでいなかった

だけど
すべてこの世におこることは
文目もわかぬ
闇に烏
あたまの白い鴉も
まだどこか
飛んでいるかもしれない

ばかりか
にわとりだって

飛べるかもしれない

夜が明けはじめている
白白明けだ
朝まだき
かわたれどき
彼は誰れどき
窓のむこうで誰かがぼくを呼んでいる
朝まだき
鶏鳴どき
にわとりだって
飛べるはずさ

さあさみなさん

輪舞のお時間ですよ！

あたまの白い大鴉が西の空を翔けて行く

シロウト

えっ、
なんていった？
ぼくのあたまがまっ白だって？
おいおい、
言葉はきちんと使ったほうがいいな
よっく見てくれよ　いいかい、
まっ白なのは頭じゃなくて、
髪の毛じゃないかよ　だいたいさ、
あたまん中は真っ白なんかじゃないさ

いつだって自分は見失わないんだから
だけどぼくはまだ若いんだぜ
こう見えてもまだ十代なんだからなぼくは
えっ？
じゃあなんでそんなに白髪だらけかって？
さあ、わからないね
きっと苦労が多いんだろうよ
まったく
大人たちといると苦労ばかりで、
ほとほと疲れちまうよ　きっと、
クローが多いと、
シロくなっちまうのさ
なァんてね、ハハハ、ハハハ、ハハ……、
——面白くないか、ちっとも

なんだよ、そんなに白い眼で視るなよ
ほんの冗談なんだから
そうそう、
ここだけのハナシだけどさ、
じつはこのあいだ、
あたまの白い鴉を見たんだ
いや、
アタマじゃないな
あたまんとこの毛が白いカラスなんだ
ほかは全部まっ黒でさ
えっ、なんだって？
いやいや、嘘じゃないさ
ぼくはつかないよ嘘なんか
誓ったっていいさ

ほんとに
ここんとこだけ白いんだ
そう、このぼくのようにね
あれは早朝だったよ
まだ夜が明けるか明けないかのころだな
家のちかくの公園をあるいてたらさ
上空を西のほうに向かって飛んでったんだ
えっ？　ぼくが？
なんでそんな時間に公園にいたかって？
いやア、なにもしてないよ　ただね、
ねむれない夜が多くってさ
ぶらぶらあるいてたのさ
よくやるんだよ
いったろう？

苦労が多いからさ
あのカラスもやっぱ苦労してんのかな
そんな時間に飛ぶなんてさ
苦労が多くてあのカラスもさ、
いつか全身、
まっ白になっちまうんじゃないかな
それをいつかぼくがみたら、
きみ、信じてくれるよな？
だって大人たちときたらさ、
まっ白い鴉を見たって、
これは黒い　鴉というやつは、
黒いものに決まっているんだ
なァんていうに決まってるんだからな
そうだろう？

なあ、
だからきみ、
きみは大丈夫だよな？

塔

塔が建つ
なんという塔なのか
なんのための塔なのか
誰にもわからない
しかし塔は建っている
優柔な親父の頭上に
おふくろの萎えた足下に
そしていきり立つおれの眼前に

塔がたつ
蔓がたっているのではない
蔓などとうに立っている
経っている
立っている
それでも塔は立っている

かりに塔が
二十階の高さだとしたら
その十二階あたりだろうか
銃眼さながら　穴に嵌めこまれたランプが
赤い光を点滅させている
二十四時間眠らずに
そして塔は立ちつづける

みな指をくわえて傍観するのみだった
あいつがくるまでは
そう　あいつはあらわれ
のぼりはじめた　その塔に
それは
いっぴきの猿だった
下肢にからみつく蛇を噛み切って
するすると
てっぺんまで

叫べ　猿よ
そして塔を断て
真実か嘘かが重要ではない

おのれの言葉をしゃべり
滔滔と謳え

ハルとヒメ

そっくりなのはみた目だけだと思っていたよ
びっくりしたわ名まえもそっくりなんだもの

口にしてみるとじつによく似ているね
耳にしてもほんとうによく似ているわ

まるできみはぼくそのものだよ
あなたもわたしとかわらないわ

だけどひとつだけ違うところがあるんだ
こうして一緒にいてなにが違うというの

きみはまだこの世に生まれて日が浅い
ではあなたはそうじゃないっていうの

ぼくはもうながく生きすぎたよ
あなたの生まれは夏ではないの

ぼくの一族は春に生まれるんだ
春はわたしの知らない季節だわ

そしてぼくは夏を知ることはない
そんなはずないわだってもう夏よ

そう夏が来るころぼくらは死ぬ
大丈夫よわたしがいるんだから

ぼくらはふたつの季節を生きられない
わたしの一族も秋になるころには……

そろそろお別れだ悲しいけど
いってしまうのねほんとうに

こんどはぜひふたり冬に会いたいな
冬はとても寒いと聞いたことあるわ

大丈夫　ふたり一緒ならあったかいよ

そうね　ではきっと冬に逢いましょう

夏子の時間

犬の舌が真夏の暑さにだらりとのびるように夏は時間ものびるよね
ぼくにそういったのは　タンクトップ姿のきみ
夏子

それって陽がながくなるってこと?
違うわ　時間そのものが伸びるのよ
そのもの?
ながくなったり　みじかくなったり　するだけでなく　時間は
のびたり　ちぢんだり　伸縮するもの

――いつのころからか
なつのじかんが　はるなつあきふゆのなかで
いちばんゆっくりと　かんじられるようになったの
ちいさいころからそれが　すこしずつたしかなものになって
おとなのいまでははっきりわかるわ
しかんして　くたっとなって
だらりと　いぬのしたになって
ゆっくり　じっくり　じりじり　ちりちり　もえる
なつこの
なつは
じか
ん
が

の
び
る——
ゆっくり
ぢっくり
ぢりぢり
ちりちり
燃える
夏子
とろける
ただれる
だらける
ほとびる
夏子

ほとばしれ！

そうして夏にのびすぎた時間をとり戻すために冬の時間は疾駆する
ように縮む縮む地球の裏がわまでもぼくを置き去りにしても生き急
ぐようにあるいは死に急ぐように疾駆疾駆するまるで冬将軍の夏子
縮む縮む縮む夏子吼えろ燃えろ！

きみにとって秋は助走でしかなかった
きみにとって春は失速でしかなかった

春夏秋冬を温度でとらえるのではない
春夏秋冬を色彩でとらえるのではない
春夏秋冬を情緒でとらえるのではない
春夏秋冬は肉体でとらえる　そのこころみなんだ

いまぼくは秋に立つ　つぎに立つのは
きっと春だろう　きみのまえでは　ぼくはつねに
ふたつの季節にしか立てない　だけど　そのふたつの大地から
右手に泉のペンを握りしめ
左の眼にカメラのレンズを嵌め込んで
永わにきみを描写する
常わにきみを照射する
とわに

III

網棚のうえのリヴァイアサン

ふつか酔いの
ふつつかな頭で
つつがなく
ふたしかな躰を
ふしだらに
だらしなく
ひきずっておれは
きょうも
いつもの

スシ詰めの満員電車にのる
さしずめの通勤電車に

ゆれる、ゆれる。ガタゴト、ガタゴト。肩ごと、片言。ゆれるゆれる、ガタゴトガタゴト。どいつもこいつも。ゲタ下駄鮨ネタ。いかさまサラリーマンにぶつかり、トロねえちゃんにふりかかる。かっぱ小僧はむずかるむずかる。どいつもこいつもガタガタだ。

おれがいっとうガラクタなのか?
がらくたのポンコツ
からっぽのガマグチ　すっからかんだ!

ゆれるまわる、めぐるゆれる。ぐるぐるぐるぐる。ちくしょう、みんなグルか。なぜこんなにゆれる、レールは一直線なのに。のうみそカニミソ。いぶくろのどぐろ。こんちくしょう。ゆうべのすっぱいレモン・ハイがこみあげる。ハーイ、混み合ってまーす。すっからかんになっちまえ。素寒貧だ、スッポンポンだ。すっぱい胃酸。ちきしょう胃酸胃酸。おれの人生違算だらけ。誤算、御破算、雲散霧消。
こんなはずじゃなかった
ちきしょう
消えてなくなれ！

ふつか酔いの
ふやけた頭と
ふざけた躰で
ふらふらになっておれは
さしずめの通勤電車にのる

スシ詰めの満員電車に

もうだめだ。なんてこった、やなこった。スリジャヤワルダナプラコッテ。立っていらんない、おれの席はない。どいつもこいつも。勝者気取りですわってやがる。おれはネクタイゆるめ戦意喪失。敗北者。吊り革はいのちづな。いっそ首くくろうか。頸の皮いちまいのつながり、綱わたり。網棚のうえはあんなにあいているのに。さしずめ特等席か？　スシ詰めのオアシス、あすこにすわりたい。ただひとつ、誰かのボストンバッグ。黒い、大きな、ボストン・バッグ。枕にしたらよく眠れそう。うっ。レモン・ハイがこみあげる。課長の小言がよみがえる。叱られるために満員電車にのってゆくのか。一直線の通勤電車のレールに。ガタゴトガタゴト……、

おれがいっとうガラクタなのか？

がらくたのポンコツ
ちきしょう
消えてなくなれ！

見ろ！
ボストン・バッグがうごいた。うごめき、わめく。猫でも入っているのか？　誰も気づかない。気づかないフリ。猫っかぶり。ああ忙しい、猫の手も借りたいわ。だけどバッグは生きている。ボストン・バッグは生きていた、網棚のうえで、マサチューセッツの片すみで。ミシシッピを越え、アリゾナ、フェニックスへ。ボストン・バッグがとぐろを巻いた。蛇か？　くちなわだ！　ちくしょう、罠か。わなき、おののき、とうとうヤキがまわったか。まわるめぐるゆれる。一直線はとぐろを巻く。ウロボロスか。トポロジーか。お手あげだ。あっぷあっぷだ。アップアップ？　苦しい……、水の中？　電車は海のなかへとすべってゆく。だうんだうん。水は低きへ。みんなは沈む。おれはのぼる。あっぷあっぷ。のぼるのぼる。網棚には大蛇。とぐろを巻いたリヴァイアサンだ。

この
ちっぽけな
社会の
会社の
机のうえで
ひがみっぽく
しがみついているくらいなら
かみつきたい

しかばねとなっても
大海原で
たたかいたい
くちなわと
くちはてたって
リヴァイアサンと
みんなは沈み
電車も沈み
世界がしずんでも

ふつか酔いでも

八百の夜と風車

都心にはほどちかい　郊外の
二十四時間ねむらない
巨大なスーパー・マーケット　その名は
MEGAドン・キホーテ

この不夜城には
屠畜された　八百の牛と
八百の豚と　八百の鳥　そして

漁られた八月の魚が　しずかに眠っている

それらのなかを　わたしはきょうも
駆け抜け彷徨う　ヨシナンテと名付けた
一台のカートとともに　猛スピードで

サンチョ・パンサよ
夜はいつでもわかい　おもてでは
風車が　そよ風に　ゆうゆうとまわっている

肉屋

国道17号沿いに立つ
いっけんなんの変哲もない
いっけんの肉屋
間口が広く　改装こそされているものの
いかにも老舗のよそおい
夕方になると　コロッケを揚げる匂いが
渋滞のドライバーたちの
鼻をくすぐる

この中仙道を　かつてどれだけの牛や馬が
通っていったというのか
あるいは運ばれていったのか
夥しいほどの豚や鶏たちが——
そのとおい昔の日も　肉屋はそこにあり
しずかに見守り　じっと待っていた
屠畜されたけものたちが　姿を変え
いつの日か　そこに戻ってくるのを

柔和な顔つきの肉屋の主人
次から次とコロッケを揚げる
よもや毒入りだとは　誰もわからずに
車を降りて買い求めるドライバーたち
渋滞が解けたら　旅ネズミの死の行進

そのときを　しずかに待つ
中仙道の肉屋　なんの変哲もない
ただの肉屋

魚屋

その町には海がなかったが魚屋があった
それは今ではあたりまえのことだけれども
それがその魚屋はそうではなかった――

その魚屋は老夫婦ふたりきりで経営していた
ふたりはともに足がすっかり弱くなっていて
魚市場への仕入れなどできるわけがなかった
もとより魚市場はとなりの県にあり

車でも二時間はゆうにかかるのだった
ふたりは当然のごとく車は持っておらず
市場の者が届けにくるわけでもなかった

それなのになぜかその魚屋の店先には
まいにちのように新鮮なさかなが並んだ
値段も安く品揃えも豊富だったから
町じゅうのみんながこぞって買い求めた
みんな心のどこかで仕入れのことは
不思議に思って気にはなっていたのだが
あまりにさかなが美味だったために
よけいな詮索をしようとはしなかったのだ

それ以外にもひとつ気がかりなことがあった

店内には粗末だが大きな冷蔵ケースがあり
さかなはすべてその中に陳列されていたが
それは老夫婦の躰がすっぽり隠れる代物で
ふたりは背後から首だけを出して売っていた
そしてけっして前に出てくることはなかった
おもてをあるくふたりを見た者もなかった
それはつまりかれらの躰を見た者がなかった
ということを意味するにほかならなかった
足が弱く仕入れができないとのことだったが
果たしてほんとうにそうなのだろうか
それどころかそもそもふたりには脚が……

その町には海がなかったが魚屋があった

それは今ではあたりまえのことだけれども
それがその魚屋はそうではなかった――

さくらの唄

桜の木
の下には
なん万という
人間の死体が
ねむっている
なぁんてどっかで聞いた使い古しの文句を信じちゃいけません、そうじゃないんです、桜の木の下には、何万頭という、馬の屍体が、しずかに眠っているんです。

ときは春　折しも
東からの心地よい風と
西からのわかい闇に誘われて
ここ上野　不忍池あたりには
何百　何千という　人々が
満開の桜の下　宴に興じ
酒を酌み交わしています
この欲ぶかい　俗人ども
煩悩のかたまりを　のうのうとあらわに
わだかまりなく　あらわして
うごめき　跳梁跋扈している
こいつは死者よりよっぽどこわい
頭上には　清楚でいて妖艶な　桜
その木の下には　いく万もの馬の屍骸

そんなことはつゆほどもしらず
インチキ臭い　偽りの笑顔で
イカモノっぽい　騙りの酒を……
へーっくしょん！
——いや、失礼しました、ちっと枯草熱でして、あ、もうそんないい方しないか、ちっとばかし花粉症なんです、あたし。ふぇーっくしょい！
え、お前は誰かって？　これはこれは、申し遅れやした、なにを隠そうあたしこそがサクラなんです。サクラ？　いやいや、ふざけちゃいません。ほら、花じゃなくってあの、客のフリしてだます、あのサクラ。
ほら、見てくだせぇ、あの露店。あすこで馬の肉売っててんです。生の馬肉。ショーガとニンニクたっぷり盛って刺身にして。ご要望があればサクラ鍋だって出しますよ。サクラがサクラ売るなんて、ちゃんちゃらおかしいって？　いや売ってるのはあたしじゃねえ、あの男。あたしの相棒の梅宮。なに、梅が桜売る？　しょうがねえそういう名前なんだから。あいつは梅宮って名のヤクザ。そンであたしはサクラ。これがこの季節、酔客どもに飛ぶように売れるんだ。芝浦でさばいたサラブレッドのAランクだっていってね、ほんとは大宮あたりで屠畜した格下の老いぼれ馬。え、なんだって？　てめえこそインチキだって？

へーっくしょん、ふぇーっくしょん、えぇ、ちきしょう！　ふぅ。なるほど、たしかにそうにちげえねえ。だけどね、あたしぁウソついてだますけど、けっしてただのイカモノなんかじゃねえ、ホンモノのサクラ、正真正銘のイカモノなんだ。命がけで嘘吐いてますから。死にもの狂いで嘘ん中、生き抜いてますから。

——いつぞや先代がいってたんですがね、ええ、サクラの先代、もう亡くなっちまいましたあたしの親父。

その昔は花見の季節になると桜の木一本いっぽんに気性の荒い馬を縄でつないで、そいつを勇ませ、奮い立たせたんだそうですな。そうするとブルルッてなもんで、たくさんの桜の花びらがひらひらと舞い落ち、それで見物客は大そう喜んだそうですよ。どの馬が大量の桜吹雪を散らせたか競わせて、だめだったヤツは見せしめに殺される。そンで肉の一部は刺身やサクラ鍋にされ、のこりは桜の木の下に埋められたんでさぁ。

だからあたしも、肉を捧げて死んでいった馬たちのために、全力でサクラをつとめます。たといニセモノでもね。親父も当時きっとそうでしたでしょう。大勢の男客に馬肉を売り、たっぷり精つけさせて、遊郭に送りこんだそうですよ。ええ、ここからもうチッとむこうの、川の手前の色街。そう、そこに親父の愛する女がいたんです。つまりあたしの母親。名まえはさくら。遊女だったんですが、器量が今イチでさっぱり振るわなかった。太夫からはイジメにあって。

だけど親父にとっては一番の女だった。誰がなんといおうと本物の女だった。だから親父は必死になって、片っぱしから男どもにサクラ肉喰わせて母のところに送りこんだ。でもダメだった。小さかったあたしと、親父を残して、首、吊っちまった。桜の木でね。あのへんですよ、ほら、店の、ちょうど梅宮のいる真上あたり。

でもね、母は生前、よくあたしの手を引いて、ここに連れてきたんですよ。もの憂げにわらって、満開の桜をみあげ、ありんす、ありんす、ってね。

ありんす、ありんす、桜の花が、いっぱいありんす——。

あのころとちっとも変わっていませんな。いろんなことがウソだらけ、インチキだらけだけども、この桜だけは、変わらず本物です。

へーっくしょん、ふぇーっくしょん！

——そろそろしおどきですかな。花見客もだいぶ減ってきました。

ああ、梅宮が片付けはじめてる。あたしも消えることにしましょう。

リヤカーに荷物積んで、きれいさっぱりと。あとにのこるのは、この桜だけでいいじゃないですか。
でもさいごに、散った桜の花びらをなるったけいっぱいリヤカーにのせて、ちょいとむこうまで届けます。ええ、さっきいった川のちかくの、花川戸のありんすの国に。そこにあたしの愛する女もいるんで。いやいや、母親にちょっと似の、うだつのあがんねぇ女で、おや、きこえてきましたよ、あの声が。

ありんす　ありんす
ありんす　ありんす

へーっくしょん！　ちきしょう、冷えてきやがった。さ、急ぎましょうや。

宇都宮のさくら

上野駅　地下十四番ホーム
から　東北線下り　宇都宮行きに乗って
わたしは　実家にかえります　ここから
二時間ちょっとの　宇都宮　うつの宮へ

北上するのに　どうして
下りというのでしょうか　きょうを最後に
わたしは　女郎をやめ　さくら咲く
上野を後に　東北線で下ってゆきます

今年散っても　上野の桜は　きっとまた
来年咲くけれど　散ったわたしは
いつかまた　咲くのでしょうか

わたしは　東北線に乗り込みます　せめて
塩漬けの　桜の入ったあんぱんひとつ持って
うつの宮　鬱の宮へ　かえります

＊　＊　＊

あの日　雄飛を信じて疑わず
宇都宮駅始発　東北線上り上野行き
のボックスシートに　深く身を沈め

じっと発車を　待っていました

宇都宮駅は駅弁発祥の地だそうです
わけもなく　得意になり
ホームの駅弁売りから　なけなしの金で
握り飯ふたつ買い　こぶしを固く握りました

車内で食べた握り飯の味を思い出します
今のいま　桜あんぱんを齧りながら
なぜかしら　涙がこぼれそうになる

桜の塩がしょっぱいわけではないけれど
この涙がこぼれ落ちたら　わたしは消えます
鬱の宮　虚ろの宮　に着くころ

擂鉢の中の螻蛄

ギラギラと灼熱の太陽がアスファルトをジリジリと焦がす八月。ここは日本橋からちょうど一〇〇キロあたりの栃木県は宇都宮。そこに二本にわかれた日光街道に挟まれた恰好で宇都宮競輪五〇〇バンクがある。陽が落ちるにはまだはやすぎる午後四時二五分、今まさに記念競輪最終レースの真っ只中。数珠つなぎになった九人の男たちの九台の自転車、それぞれに前と後ろを合わせれば都合一八個先導役の選手のぶんも含めれば合計二〇個の車輪が、一周二周とスリバチ状の五〇〇バンクを滑るように転がっていたが、三周めにはいるころより千千に乱れはじめ、やがて三三五五、やれ神奈川だの千葉だの、はたまた和歌山だ福岡だと分裂し、ラインを形成しつつ互いを牽制しあう。金網に指の肉食い込ませ、食い入るようにレースをみているこちら側の熱気も興奮もピークに達し、しぜん緊張も高まり、そこかしこで喚声が湧きあがる。ある者は右手に丸めた予想紙握り、ある者は左手に冷え切った串煮込みを握り、ある者は中風病みのようにてめえの股ぐら握ったりと、みないちように車券とともに手に汗握っていたのである。わたしも売店で買ったカツサンドはとうに咽喉を通らなくなり、かわりにカッサンドラという名の女予想屋の、わたしも買ったとそっと耳打ちしてくれた三－九の二車単車券を握りしめ、ビールも飲まずに固唾をのんでレースのなりゆきを見守っていた。

やがて打鐘の音

ジャン

耳を
劈く
打鐘、打鐘！
スピード
は
時速
七〇キロ
を
超え
喚声
は
キイロイ
声
に

変わる
まわる
まわる
一八
の
車輪
は
五〇〇
メーター
の
スリバチ型
バンクを
まわる
めぐる

まくる
にげる
山おろし
差す
刺せ!
逃げろ逃げろ、捲れ捲れ、廻れ廻れ
地球の涯までも
スピード
は
最高潮
なのに
ぎゃくに
すろー
もー

しょん
の
よう
まるで
コマ送り
だ
時間
よ
とま
れ
おっ！
三番車がきた
九番車がつづく
キタキタ来タゼ

ゴール寸前
その瞬間——
あろうことか
三番車
の後輪が
じぶんの
前輪を
追い抜いてしまった！
前代未聞
空前絶後
絶体絶命
三番車は転倒
自転車はバラバラ
九番車も転倒

この世の秩序もバラバラ
わたしのなかの
歯車も
にわかに狂いはじめ
人生メチャメチャ
女予想師カッサンドラも
今ごろは
髪ふり乱し
アガメムノーンとともに
断末魔の叫びを
あげているに違いない
トロイアきっての預言者も
しょせん自身の未来は
占えなかった

ということか

歓声と怒号が飛び交い、ハズレ車券の舞い散るなか、わたしは宇都宮競輪をあとにした。JR宇都宮駅までの長い道のりの日光街道は、一変しておけら街道になった。泡と消えた一攫千金の夢を取り返そうと、ひしゃげた酒屋の一角で、わずかに残った小銭を払って缶チューハイの栓をあけ、あぶくを咽喉に流し込む。なけなしのおけら街道の角打ち。チクショウコノヤロ。トーフの角にアタマをぶっつけて死んじまえ。酒場から墓場まで。墓場から酒場までだ。
ああ擂鉢、
ああ輪廻、——。

陽が沈み
空気が静み

ジーという音がきこえてくる
おけらが鳴いているのか？
いや違う
蚯蚓が泣いているのか？
ちがう
バイクだ
一台のオート・バイがやってくる
日光街道を
こちらにむかってやってくる
電光石火のごとく
疾風のように
どこの誰かは知らないが
きっとわたしは知っている
あの

高らかなテーマ曲とともに
やってきたのは
月光仮面だ
いや違う
日光仮面だ！
あろうことか
前輪が後輪を
追い抜き
倒けつ転びつ
されど颯爽と
重力に逆らい
沈んだ太陽を取り戻すがごとく
日光街道を
さかのぼってやってくる！

穴

万馬券舞う
昼下がりの
後楽園場外馬券場

(穴、)
(穴、)
(大穴、)

から

出られなかった
まして
入れもしなかった
いっぴきの
美しい
雌蛇が
屋根裏の散歩者の
出っ歯の亀と
出会って
投合して
競合して
野合して
GOGOして

（穴、）
（穴、）
（おお、穴、）

白山通りを北に
白面でのぼってゆく
一攫千金を手にして
南下する連中
とは対照的に

いつわりの水割りでは
酔えるはずもなく
空のビール壜を
覗きながら

嘆くのだ
なぜこうも浮き世には
真実というものが少ないのか
なぜこうも憂き世には
赤の他人のフリして
真っ赤な嘘吐く人間が多いのか

(嘘八百、)
(嘘八百、)
(万八、)
(マンパチ、)
(ドンパチ、)
(イチかバチか、)
(ヤケのヤンパチ、)

やっぱ
やっつ
け
GOGO
パチプロ
ヤオヨロズ

（穴、）
（穴、）
（穴、）
（大穴、）
（おお、あな、）
（穴る、）

（アナル、）
（ごーごー、）
（あなどる、）
（ａｎｕｓ、）

水割りの偽りでは
酔えるわけもなく
いつ
おわりになるやも知れず
おぉ　わりィ　わりィ
と
絵空事の
ビール壜覗きながら
真実について嘆きながら

ときに耳に当て
波のおと聞いたり
まれに当てこすったりして
ただひたすらに
白山通りを
白面でのぼってゆく

白山通りを
白面でさかのぼってゆく

やがて通りは
額面通り
白山にさしかかり
文京区白山一丁目三十四番六号

のちっぽけなお寺をのぞけば
そこにあなたは
しずかに
ねむっている
今を溯ること
四百年
明暦三年正月十八日
江戸最大の火事
のひとつである
振袖火事
から約二十五年後
あなたは
火を放った

（大江戸、）
（大江戸、）
（おお、江戸、）
（大江戸八百八町、）
（八百、）
（八百、）
（嘘八百、）

八百屋の娘だったあなた、
お七、
八百屋になれなかった、
お七、
八になれなかった、
七、

男に逢いたいばっかりに、
嘘八百並べたてられずに、
八百長が決して許せずに、
十六で、
火あぶりに処された、
お七、
お鉢が廻ってきた、
お七、

男に逢いたかったばっかりに、
嘘が吐けなかったばっかりに、
八になれなかったばっかりに、

だけど、

あなた、
お七、
あなたは、
穴、
にはなれたのか、
そして、
穴、
から出られたのか、
それとも、
穴、
に入ったのか、
どっちだ?

(穴)

（穴）
（おお、穴）

おとこにあいたいばっかりに、
振袖に身を隠し、
人形振りで韜晦し、
たった八つの、
真実のみに生きた、
あなた、
をとこのみに生きた、
あなた、

（穴）
（穴）

（穴、た）
（あなた）

おお、
あなた、
お七、
八百屋お七、

いつわりの水割りでは、
酔えるわけもなく、
絵空事のビール壜覗きながら、
白山通りを、
白面でさかのぼってゆく、

ただ白山通りをひたすらに、
額面通りに白面で、
さかのぼってゆく、

GOGO、
だけど、
蛇が穴から出入りできぬというのなら、
出歯亀が覗きをやめられないというのなら、
わたしは決めた、
あなたの、
アリスになります、
ゴーゴー、
アリス、
GOGO、

anus、

ほら、
本郷は、
すぐそこだ、
GOGO、
GOAL、
は眼のまえだ、
HON－GO、
ゴーゴー、
HONGO、

白山通りを白面でさかのぼってゆく。

午後の揺曳

遊泳禁止、
の海に飛び込ませた、
凪いではいたけれども、
凪いで、はいたけれども
それが、はじまりだった、
いらい、ずっと、
いらいずっと、
覚醒——、
(凪いではいたけれども

(凪いで、はいたけれども

掌のひらに、すっぽりと、隠しカメラ、
のようにおさまる、ボレックス、
は、執拗に、心音を、刻む、
しつように、ひつように、しんおんを、
またはせんどうする、
(煽動、
(船頭は先導する、
ときに小銃になり、世界を、なぎ倒す、
ごとくに、掃射する、
(そうしてぼくは、
(いくたび、大地に、
(射精を、してきたことだろう、

いらい、ずっと、覚醒——、
42、195……、
kmkmkm……、
3、14159……、
πππππππ……、
あるきつづけた、
はしりつづけた、
まわりつづけた、
かぞえつづけた、
(凪いではいたけれども、
(凪いで、はいたけれども、
(海は、
(遊泳、

(禁止、
(だった、
(凪いで、
(はいなかったのか、
(海は、海は、
(海は、期せずして、
(すさぶ、あらぶる、
(時として、
(時化る、

こころの、ささくれ、または、
けばだち、が、
海を波立たせたのか、
潮を吹出させたのか、

遊泳禁止、
の海に、
飛び込ませた、
きみを、

それがはじまり

ずっと、おもっていた、
左の肩には、
世界でいちばん巨きな、
象がのり、
臍のまわりには、
宇宙でもっとも小さい、
蟻が、ぐるぐると、

這い、廻りつづけている、と
(凪いではいたけれども
(凪いで、はいたけれども

精緻で酷薄な眼できみを追った、
写生した、射精した、覚醒した、
肢に傷を負った、一生消えない傷を、
凪いではいたけれども、
凪いではいたけれども、
凪いではいなかったのか、
凪いで、はいなかったのか
きみは肢に傷を負った、
ぼくは胸に疵を負った、
泣いては、いなかったのか?

そして隔世——、

それでおしまい

いらいずっと、
船に、
乗ってもいないのに、
船酔いに、襲われる、
それよりは、いっそ、ずっと、
酒に、酔っていたい、
いっそ、ずっと、

いつしか、肩から象が下り、
蟻が、臍のまわりを、這い廻るのを、

やめたなら、
背骨をひとつひとつ、慎重に、
はずしてやって、
お天気のいい午後に、きみとふたり、
耳の奥まで、小舟ででかけ、
微睡んでいたい、ずっと、
ずっと。

迷宮の人

きみは
額に汗した一頭の牛を従えて
図書館の螺旋階段をどこまでも
のぼってゆかなければならない

牛は
本を曳いている　それは
一冊の巨大な書であり　かつまた
百万冊の書でもある　そして

図書館は　無限の高さを持ち
螺旋階段は　永遠につづく

きみの右の義眼には
ガラス球が嵌め込まれ　それは
無限をうつす鏡となって　かがやいている
だから　左の晴眼はいつでも
こころを精確にあらわす通訳者でありつづけろ
きみの頭上を照らす　ランプの光は
つよいものではないが
けっして消えることはない

そしてきみ
いつか図書館の　無限の天井を突き破ったら

牛の曳いてきた一冊の書　あるいは
百万の書のなかから　かつて
誰も書くことの出来なかった
誰も読むことの出来なかった
誰も発音することの出来なかった
新たなことばを発見し　そして
意のままにあやつるのだ
それがきみの　使命なのだから

それまではきみ
眩暈と迷宮とたたかいながら
螺旋階段を　倦まず弛まずのぼりつづけ
立ったまま排泄し
立ったまま眠れ

きみの墓場はこの　目も眩む高さの
宇宙への階段の手すりを越えた
むこう側にあるのだから

網棚《あみだな》のうえのリヴァイアサン

二〇一八年一一月三〇日　発行

著　者　鎌田　伸弘

発行者　知念　明子

発行所　七　月　堂

〒一五六—〇〇四三　東京都世田谷区松原二—二六—六

電話　〇三—三三二五—五七一七

FAX　〇三—三三二五—五七三一

印刷　タイヨー美術印刷

製本　井関製本

Printed in Japan

ISBN 978-4-87944-344-1　C0092